KB110000

별의 집

별의 집

백미혜 시집

민음의 시 112

민음사

自序

빛이 내려온다.
일행들은 벌써 그 문을 빠져나갔다.

어둠 속 한 아이가 쪼그리고 앉아
빛에 홀린 듯 대리석 계단을 올려다보고 있다,
이윽고 가늘게 흑연의 필선 긋는 소리
들리고, 아이가 스케치하는 수도원의 벽과
기둥과 계단 그 맨 끝에
아직은 흐리게 윤곽만이 잡혀 있는 문.

광장으로 나간 일행들을
나는 뒤쫓아가지 않겠다.
아이의 스케치가 모두 끝날 때까지는.

2002. 7.
옛 수도원에서
백미혜

차례

풀숲에서

지난밤 갈참나무 아래 초록 뱀 누웠다 간 무덤가에는 구슬봉이꽃만 호젓이 피어 있네요.

그래요, 푸른 사파이어 박혀 있다는 그 머리핀 찾으셨는지요. 없다면, 밤사이 꿀풀이나 제비꽃, 혹은 구슬봉이 꽃으로 변해 버려 못 찾는 걸 거예요. 그러니 다음부턴 무덤가에 그런 꽃 보이면 〈내 머리핀!〉 하고 따서 머리에 꽂으세요. 한번은 꽃 사진 찍느라 안경을 벗어놓았어요. 한참 산기슭 오르다 되돌아와서 찾았지만, 풀숲 헤치며 찾다가 찾다가 포기하고 가려는데 번쩍, 유리알이 석양빛에 빛나는 거였어요. 아마 안경도 날 찾고 있었나 봐요. 그대처럼요. 또 어느 날인가는 숲 속 깊숙이 들어갔다가 앵초꽃들 수없이 피고 있는 군락지 발견한 일 있어요. 꽃의 세계에 노크도 없이 들어가는 순간이었지요. 꽃들이 일제히 날 쳐다봤어요. 가장 아름다운 시간은 그렇게 서로 스미며 섞이어 화사한 세상 만들어가는 그 번짐의 한때 같아요. 때때로 겹겹의 눈물 어리우다 사라지는 내 마음의 그림이 그대 5월 숲 속에서는 겹쳐 열리던 것처럼요.

세월

비행기 〈마〉에 그대 있는 줄
꿈에도 모르고
〈마〉를 지나 〈바〉에서
외로워하네.
안개가 지운 내 탑승 시간.

역풍

보리밥집 할머니 또 날 책망하시네 속에 천불 붙일 일 있느냐 웬 밥 그리 천천히 먹냐며. 그 자리, 비좁아터진 쪽마루 얼른 비우고 일어서야겠지만 된장 한 종지 풋고추 세 개 시레기국 반 사발 보리밥 고추장에 비벼 먹는데 오늘은 이윽고 반 시간을 채웠네 참 허겁지겁 비워냈던 밥그릇들 조급하고 더워서 부풀며 커지는 어느새 마흔넷 무서운 나이 멸칫국물 식고 있는 국수집 지나 시장도 한바퀴 총총히 돌아와 숨결 고요히 난 잎을 긋네 난 잎 한 번 구부러질 때마다 붓끝 꼬이고 갈라져 부서지는 선 그러나 너무 늦어버린 오후에도 사람들 마음 나누며 다시 시작하네

　창 너머 커다란 갈댓잎
　바람에 불려
　왈칵, 한쪽으로 기울고
　참새 몇 마리
　그 바람 거슬러 날아오르는

두 저녁 사이로

두 저녁 사이였어요
사리암 갔다가 내려올 때
길섶엔 탑들 청정이 솟구쳤어요
홰나무 아래 선바위 위
나도 돌탑이나 쌓을까
마음 짜 맞출 때
돌탑 사이 작은 도마뱀 한 마리
얼굴 내밀었어요

그해 여름, 무너진 돌기둥마다 청동빛 도마뱀 기어다녔
지요 금 간 옹기그릇 속에는 화산이 뿜어내는 유황 내음
이 뭉클뭉클 똬리 틀다가 진열창 안에 덜컥 갇혀 있기도
했어요 예, 그랬어요. 폼페이 유적지를 헤매던 외로운 여
행이었죠 용암이 할퀸 상처로 고스란히 굳어 있던 도시
이젠 그만 멈추고 싶어도 영원히 멈출 수도 없게 된 사랑
의 뒤엉킨 몸이 내 안에 무거운 화석을 만들기도 했어요
그러나 사랑은 결코 화석을 만들지는 않는가 보아요 어쩌
면 당신은 재생의 푸른 도마뱀 한 마리로 이 세상 찾아오
신 내 하느님은 아니신가요 누가 쇠스랑으로 내 발목 세
차게 쳐서 뒤집으며 옛 시간의 수로(水路) 찾아내고 있군

요 마음의 화석을 깨는 이 신비한 일이 때로는 참담하게
아프기도 하지만, 그러나 이 유적지에서는 일상처럼 반복
되는 평범한 발굴 작업에 불과한지도 모르죠 낮과 밤의
지평 뒤집는 두 저녁 사이로 내가 몸을 빠르게 움직이자
도마뱀 사라지고 당신이 곧장 올라왔어요

　　산 중턱 바위에 앉아
　　한꺼번에 훅 몰아쉬는 숨
　　누군가 그곳에 불을 켰어요
　　내 지난 사랑도 두 저녁 사이에 걸려
　　말갛게 비어 있다가
　　이윽고 바스락거리는 가랑잎으로
　　아주, 캄캄해지는 거예요

별을 위한 노래

그 퇴근길에도
카시오페이아는 하늘에 있었습니다
그러나 온전한 모습 찾지는 못했어요
도시의 불빛이
밤하늘의 순수 시샘하기 때문일까요
여느 날처럼 세 개의 별만이
카시오페이아 한쪽 날개
만들고 있을 뿐

그 모습 다 보이지 않는다고 그대 존재 반감되는 것 아니겠지요. 가족에 대한 사랑 어떤 빛깔인지 그래서…… 행복하신지 문득 궁금해집니다. 나는 내 아이 가민이를 사랑합니다. 그를 통해 꽃 피는 새로운 세상 모습 알게 되었지요. 이제 튼실하게 자라 곧 열 살이 되지만 가녀린 숨결 처음 품에 안은 날 나는 참 오랫동안 걷잡을 수 없는 눈물 흘렸답니다. 빗물 얼룩진 벽지 밑에서 날마다 해면처럼 풀어져 드러눕던 일. 폭우로 불어난 물이 영지사 깊은 못물 뒤집고 더 이상은 씻겨 내려갈 체온도 없던 그 황막한 밤이, 그러나 지금 이다지도 애절하게 깜박이는 저 별빛 만들었어요. 그래요, 당신은 말하실 테지요. 견

딤은 귀함과 상통한다고. 그러나 무엇을 더 견뎌 어떤 귀함 일궈내야 할까요. 슬픈 사연을 가졌지만 슬프지 않은 다섯 개의 별 카시오페이아가 될까요. 도시의 매연 올라오는 이 검붉은 대기 속에서 당신은 또 어쩌자고 밤의 절반 하늘에 거꾸로 매달리는 천형의 별 카시오페이아를 찾아 밤마다 지붕을 오르시는 걸까요.

　오늘 잡동사니 손가방 정리하다가 소스라치게 놀란 일 있었답니다. 무의식이 그랬을까요. 찾을 길 없어 칡즙 같은 겨울 밤하늘 헤매 다녔던 별. 가방 속에 내가 그리 무참히 가두고 있을 줄 몰랐습니다.

별의 집

── 이집트에서

1

나는 흐느껴 울었던가,
골목엔 검은 네 장례 행렬

꽃과 별 난만한 그 한밤중에
소스라치듯 잠이 깨었지.

한번은 또 흰빛의 다발
박하 같은 네 영혼을 보았어.

깃털에 쌓인 잠이
방안을 부유하며 오래 맴돌았네.

오오, 너는
내 잠과 꿈의 수수께끼.

2

내 삶은 나의 비밀
알렉산드리아 박물관에서
한 여인을 보네.

갖가지 장신구와 향수병으로
자신의 여성스러움 화사하게
드러낼 줄 알았던 여자.
사랑으로 살았지만 사랑에 굴복당하지 않던
장엄한 부활의 꿈으로
자신의 미래 자신의 연인들과 함께 묻었던

알렉산드리아에 와서
다시 설명되어지는 그녀를
그러나 나는 여전히 해독할 수 없다.

3

풀리지 않는
고대 상형문자가 그랬을까요

이름 모를 활자와 알 수 없는 기호
영문 모를 알파벳과
이상한 조합의 아라비아 숫자들
그러나 그것은 오래전 그대가
내게 보내신 것

산골짜기 아래로
겨울 밤하늘 활처럼 둥글게 휠 때
큰개, 작은개, 쌍둥이, 마차부,
오리온, 황소로 잇는
육각형 하늘
어찌하든 풀어 내 안에 껴안으려고

질주하는 이 시대
정신없이 허둥대다가

지중해 상공을 지나 아프리카 북단에 닿으니
황량한 모래 바람 저만큼
거기, 피라미드가 있었습니다

4

작은 것보다 더 작고
큰 것보다 더 큰 우주의 보라색 기둥
카르낙 신전에는
지금도 파피루스 꽃
두근거리며 피어오르고 있다.

십 분만 더 그곳 〈기둥들의 방〉에
느긋이 머무를 수 있다면
왕관처럼 조각된 꽃봉오리들
어떻게 피고 지는지
그 비밀 훔쳐올 수도 있었으리라

그러나 나는 꽃 피고 지는

천(千)의 시간 속으로
파랗게 함몰되는 마음 이끌고
나일 강 물 기척 부딪는 소리로
자맥질한다

5

나일 강 크루즈가 이어지는 동안 나는 갑판 위에서 밀
란 쿤데라의 소설 『향수』를 읽는다. 소설을 통해 그의 삶
도 비로소 완성되는 것일까. 마지막 페이지를 덮고 나니
사막 쪽에서 불어오는 더운 바람이 미세한 모래알갱이들
강물 속에 후루룩 떨구고 지나간다. 기이한 화강암 언덕
과 야자나무와 파피루스 줄기들 늘어서 있는 이국의 강변
풍경들도 스쳐간다. 환각처럼 풍경에 깜빡 빠져들었다
가, 상형문자가 찍힌 그림 엽서를 골라 편지를 쓴다. 사
실은 피라미드 때문에 이곳까지 오게 되었노라 고백하고
싶었지만, 간단한 안부 인사로 쓰기를 끝낸다.

이집트 여행을 계획하면서부터 별자리 오리온에 관심을
기울이곤 했다. 사각 울타리로 대각을 이룬 오리온의 우

뚝함은 겨울 밤하늘 제압하고 있었고, 특히 오리온의 허리 부분에 띠처럼 점점이 박혀 있는 세 개의 별은 기자에 있는 피라미드 배열과 꼭 닮아 있다는 말을 들었기 때문이다. 누구였을까, 하늘의 별들 지상의 꽃처럼 땅에 심는 꿈 처음으로 가졌던 그이는. 소설 『불멸』과 『망각』과 『향수』를 써낸 그도 어쩌면 몸속에 피라미드 하나를 품고 사는 사람일지도 모른다.

이윽고 배는 아스완 댐에 닿고 나는 어둠 깃들기 시작하는 나일 강의 긴 낙조를 호젓이 지켜보다가 갑판을 내려온다. 선실 카페 안에서는 벌써 〈갈리베이 축제〉가 시작되었는지 출렁이는 머리카락 등까지 길게 풀어놓은 이집트 여인의 고혹적인 춤이 깊어가는 밤과 불빛과 여행객들의 여정을 자극하며 유방으로 배꼽으로 엉덩이로 마구 흔들리고 있다.

6

일획의 긴 꼬리 태우며
누군가의 울음소리 사막 한가운데로

반짝, 빛나며 떨어진다
울음이 싹 틔운 내 마지막 그리움일까
별과의 동거를 알리는
전화벨 소리
가까이, 점점 가까이 들려온다.

7

밤마다 이불 차 댕기는 아이 잠자리도
나 몰라라 내버려두고
화실의 그림들도
저 홀로 나뒹굴게 내버려두고
나는 문득문득 피라미드가 보고 싶었다.

그때가 언제였을까, 온갖 주문과 부적의 상형문자 속
왜가리와 번개와 물결무늬 그림 신비롭던 때가. 아버지는
빨간 색연필 한 자루와 시험지 몇 묶음 내게 건네주셨다.
피라미드는 단순한 무덤이 아니니 무덤이라고만 답한 것
은 세모돌이 표해 두라 이르셨지. 그후 피라미드란 간판

이 달린 화실에서 잠시 드로잉 공부한 적도 있었다. 뒤셀도르프의 덩치 큰 여선생은 3개의 피라미드 모형을 내게 그리게 했다. 그날 나는 피라미드의 배면에 종이가 너덜너덜해질 때까지 연필선을 반복해서 긋고 문질렀다. 존재, 그 자체만으로도 힘겹던 시절, 차가운 내 살갗 문질러 뜨겁게 불피우고 싶었을까, 습기 찬 날씨 때문에 더욱 태양 가까이 있을 피라미드를 떠올리며 소묘에 몰두했었다.

피라미드 속 좁은 통로를
사람들 기어서 들어가고 있다.
그렇게 부복(俯伏)한 몸
네 중심에 가서 닿는다면
내 잠과 꿈의 수수께끼 풀 수 있을까

8

마지막 한 계단을 남겨놓고
애원하듯 그림자가 내게 물었다
그안에나도들어가있지?

당황한 내가 더듬거리다가…… 침묵하다가
대답한다…… 아니, 없어…… 그곳은 아예……
중심엔 텅 빈 석관이 하나 놓여 있을 뿐……
몸이 없는데…… 그림자는 애당초
자리 마련이 안 된…… 그래서 들어갈 수도 없는
꽃과 별의 집인걸…… 그런데 네 속은 왜 또
처음부터 텅 비어 있을까……
그 흑백 필름 다시 꺼내 살펴보지만
안과 밖 어디에도 땀에 부푼……
네 몸…… 찍혀 있지 않다

9

시간을 견디는 자만이
시간을 빠져나갈 수 있다는데

몸이 없다면, 몸 없는 내가
몸 없는 그대
기다리고 또 기다린다면

카이로 박물관 특별전시관에는
기다림을 빠져나온
순금의 꿈이 미라 새 몸을
만들고 있다

유혹

빛이라는 빛 무덤가에
둥글게 다 모인다
구렁이 한 마리 풀어놓은 긴 꼬리
그 빛 빳빳이 퉁겨 올린다
구불구불 길 만든다

그러나 무덤 뒤쪽 거북이 등처럼 누운
한 인기척이 수상하다
뱀이 나비의 영혼을 먹고 있는 것일까
나비가 뱀의 유혹과 놀고 있는 것일까
전시장 부스 한켠에는
살과 뼈 부서진 영혼 하나
생나무 액자를 입고 걸려 있지만
나는 여느 봄처럼
가냘픈 허리 꼬아 너를 찾는다
봄 노래에 장단 맞추어
둥근 생명 빛으로 춤추며 흐르는 길
뱀이 열어놓은 저 길 끝에는
아무도 빗장 걸지 못한다

팔랑팔랑 노랑 날갯짓 치는
나비의 영혼
아직 피지 않은 꽃 향내
무덤 여기저기에서 차올라오고
기이하게 따스한 인기척 하나, 뱀이 눕는다.

귀의 동굴

소음 때문에 창문을 닫는다
그러나 어떤 소리들은
분명 따스한 여자의 몸을 가지고 있다
밤늦은 시간
홀로 그 귀의 동굴로 내려가는
그를 보면 더욱 그렇다

그곳, 큐레이 동굴이었던가
수억 개 종유석 자라나는
동굴 맨 아래쪽엔
낡은 파이프 오르간 한 대 놓여 있었다.
어둠을 밟듯 누가 가만히
건반을 누르자
동굴에 뚫린 천의 구멍으로
그 소리들 스며들어 끝까지 부풀던

어떤 소리들은 분명
여자의 따스한 몸을 가지고 있다
늦은 밤 옷도 양말도 내던지고
발효의 둥근 어둠 속으로 홀로 내려가

웅크린 채 잠든
그를 바라볼 땐 더욱 그렇다

가을 기행

사람들 찾아들었다 떠나는
선바위역에 내려
길 가는 이에게 묻는다

이마을경로당이어디있나요,
녹석원 난초 가게 지나서
빨간 들꽃 피어오르는
산자락 첫길
경로당 옆집 그 옆집
키 큰 소나무 한 그루 솟구치는 집
그러나 소나무 숲 정기에 가까이 가지 못하고
다시 말, 나비, 소나무 숲에게 묻는다
칠집김씨집에가려면어디로가야하나요
이윽고 상가에 들어
풍덩 울음 고인 가을 하늘에 길 빠뜨리고
저녁 해 설핏해
그만 돌아갈 길 챙길 때,
내차표도한장끊어주실래요다시돌아오는길내가찾을수있
는지좀알고싶어서요
어머니 잃고 오래 붓 못 들고

울던 김씨 웃저고리 걸치며 막막히
길 따라 나선다

여름 다 보내고
눈물이 씻어낸 가을 하늘에
먹으로 그린 새 한 마리 풀어놓을 때

장미의 숲

꽃과 불의 단풍길로
그 약속 시간
파랗게 뿜어 올려진다
그러나 퇴근길 막힌 사람들
아직 아무도 그곳에 당도하지 못한다

텅 빈 카페 〈장미의 숲〉을 한바퀴 돌아
어린 왕자와 별과 바오밥나무 흐리게 그려진
벽화 가까이에 앉는다
어둠 속 탁자 위로 하나씩
촛불이 켜지고
잠시 몽상에 이끌려 그것을 응시하면
가느다란 수직의 불길 하나
단풍길 밟고 온 맨발 거슬러 올라
호젓이 타오른다
저 숲 속에 누가 있어
내 향기로운 잠을 장미의 깊은 속으로
아득히 불러내고 있는 것인가

학을그렸어요곧게세운한쪽다리로제몸의품격받아올리는

학의가는몸안에그토록강한관능숨어있는지처음알았어요
늦게 도착한 그가 그것을 다 말하느라
숨차 하는 동안
촛불이 어느 틈에 식탁 위로 옮겨 붙었을까

치솟는 불길 위로
나는 화들짝 물잔을 끼얹고
어린 왕자도 여우도 어둠에 아주 지워져
난감해진 그가
그만 냅킨을 접고 일어설 때
웬 꽃 파는 아주머니
식탁 위로 떠맡기듯 부려놓고 가는
비닐 감긴 장미 한 송이.

파란 꽃

길 가장자리에
간이 찻집 〈도시공간〉이 있습니다

어느 여름 밤
들판 쪽으로 난 공터에 차를 세우고
개구리 울음소리 자욱히
들여다보고 있으면
아크로폴리스 먼 유적 어디선가도
금빛 열쇠를 찾는
고즈넉한 영혼이 있어

금동미륵반가사유상의 자태로
내가 간이 찻집 〈도시공간〉에서 묵묵히
그대 기다릴 때,
울트라마린 파란 꽃이 피고 있네요
천 송이 만 송이 해안선 같은

못마루 풍경

1

유치원 선생님이 그림 숙제
내셨습니다. 12색 크레파스 챙겨 들고서
봉무동 못가에 소풍 갔어요
못마루 오르니 못물 아래 비치는
연화장 세계, 엄마저걸그릴까요, 물결이 씻어
조금씩 밝아지는 내 마음 설레어
여쭤보았지만 엄마는 계속 물 기척만 살피시는지
꽉 잡은 내 손목 놓지 않으셨어요

탱자나무 울타리로 엄마가 불안하게
막아서시는 그 못물, 엄마에게
아주 맡겨버리고 나는 못마루 긴 초록 풀밭에
새하얀 도화지 깔아놓았어요
저 덤불 속에는
꽁지 예쁜 새들이 살고 있을까요
엄마는 길 저쪽 끝에서 가만가만
기척을 만들며 걸어 들어와
새들을 모두 이쪽 길 끝 내게로 몰아다 줍니다

그때 나는 빨간색 크레파스 안에
꽁지 파란 새 한 마리 그려넣었어요

한때는 못으로
계곡물 흘려보냈을 옛물의 흔적
마른 숲길 헤쳐 엄마가 찾고 계시는 동안
나는 주홍색 크레파스 안에
언젠가 엄마도 모르게 숨죽여 울어
내 두 뺨 흥건히 다 지웠던 그 눈물 자국도
그려넣었습니다.

2

엄마는 또 지난해
낙엽 진 밤나무 잎 바스락거리는 소리 밑에서
아직도 푸르고 뾰족한 새싹 하나
찾아냅니다. 나는 노랑과 초록색 크레파스 안에
밤나무 잎 제 몸 썩히는 마른 향내와
새싹의 싹트는 힘 그려넣었습니다

잠시 걸음을 멈추고
물가에 내려가 쪼그려 앉으니
못마루에 서서 보던 못물보다도
수면이 두 배나 더 넓어 보입니다.
그래요 엄마, 미술 시간에 선생님이
말씀하셨답니다. 잘 본다는 것은 언제나
어려운 일이니 늘 공부해야 한다고
물살 길게 그으며
한가로이 떠도는 청둥오리도
가까이 다가가 보니 필사적인 잠행 되풀이하며
물고기 사냥하고 있는 거예요
나도 파랑과 남색과 보랏빛 크레파스
남김없이 써서 이윽고 못마루 풍경 완성했어요

그때, 도화지 꿰뚫고
엄마에게 맡겨둔 못물 깊은 곳
오색 무지개 솟구쳐 올랐습니다

옛 그림

두루마리 옛 그림 펼쳐봅니다
가까이 전시 중인
몽유도원도 때문일까요
비단 담채의 그림 안에는
내 그립던 이의 낙관도 더러는
찍혀 있지만
한 모금씩 끊어 마시는
옛 길의 행방
기암괴봉 그 사잇길 헤매이다가
내 안에서 문득
내가 찔리는
복숭아밭 저 분홍 꽃무늬

생명의 노래

잔을 비우고
합환의 술잔 네게 건넨다
돌아라, 둥근 해의 생명으로
붉게 타오르는 잔
날아라, 산꿩의 깃털꼬리
화사한 길

풍경

──경주에서

눈보라 그치고
맑고 포근한 겨울 날씨
계속되었습니다
노서동 고분군 바라다보이는
식당에서 밥 먹었지요
언젠가 그곳 나무 그늘에서 쉬며
머루씨를 뱉어내곤 했어요
새까맣게 익은 머루알이
얼마나 달고 맛있었는지
식당을 나와 외투 깃 올리고
무덤가를 한바퀴 돌아봅니다
커다란 무덤 허리를 뚫고 자라는
잡목도 보입니다
한때는 나무의 한쪽 뿌리가
무덤 속 사람들의 몸
달게 빨기도 했겠지요
나도 그렇게 머루를 먹고 자랐었지만
이젠 수맥들 끊겨
낙엽 진 나무의 앙상한 흑연빛 가지 사이로
겨울 하늘 한정 없이 푸르게

흘러갑니다
허심하게 흐르는 그 곡선 따라
누가 술잔 돌리는

물위의 꽃

—— 산마르코 광장에서

별의 단추
물위에 굴러 떨어지며
밤의 싱그러운 치마가 열린다

이윽고 카니발이 시작되는지
폭죽 터지는 앞마당으로
모자이크 같은 색사탕
흩뿌려진다

낮 동안 중심에서 빠져나간 사람들
수맥을 타고
한밤 광장으로 되돌아온다

낮에 한 줌 먹이로 떠나보냈던
그 비둘기
내가 다시 유혹해 불러낸다

얼굴

—— 베니스에서

뱃전에 기대 앉아도
지금은 아무도
노래 부르지 않네
캄캄한 수로 띄운 골목마다
무겁게 실어나르는 내 욕망
한 획 소용돌이로 어둡게 굽이칠 때마다
망연히 지펴오르는 저 열락의
물길, 뻘밭 위에 퍼올려 솟구치는 집
베니스에서는
고양이도 사람도 아닌
눈꼬리 가늘게
치켜올려 뜬 카니발용 가면 하나
물안개 가린 내 얼굴을 덮는다

백합의 문

—— 플로렌스에서

그 시간
그 문 잠겨 있었어
열리지 않았지

하는 수 없이 되돌아서다가
북받치듯 흐느껴 울고 말았어
강물은 맑고 조약돌은 또
너무 깨끗했지

먼 길 돌아
지금 다시 찾아와 보니
그 시간
그 문 활짝 열려 있네.

그러나 지금, 그곳에 들어갈
필요 있을까
강물은 맑고 조약돌 여전히
깨끗하지만

물병에 담았던

내 백합꽃
모두 시들었는데

손금
—— 그라나다에서

삶과 죽음의 두 강
함께 흐르고

기쁨과 슬픔의 두 산
함께 솟구칠 때

내 두 마음도
알함브라 궁전 안에
숨어들었지

삼나무 치솟는 산책로 위에
어제와 내일을 깔고

오렌지빛 태양으로
지금, 여기만을 익히며

프라이 팬같이 달아오른
내 손금 묵묵히
들여다보기도 했지

집시의 춤
—— 안달루시아에서

겨울 언 숲에서
마른 덤불을 보네

싸리덤불 헤치니 싸늘히 식은
깃털 몇 개

남풍 따라 떠났을
그 새를
기타와 캐스터네츠 소리
격렬히 타고 가면 만날까

낮 동안 덤불이 가린
떨림의 신비

쾌락보다 죽음에 더 가까운
그 춤을
한밤 내 안에서도 보았다

프랑스 식당
—— 파리에서

그곳에
비밀이 있다.
내가 먹고 돌아온
한 끼의
식사 안에

물잔과
그릇과 수저의 방향이
겹겹으로 쌓고
열어놓은

식욕 어룽져 화사한
그곳에서
가장 가볍게
먹고, 내가 떠날 때

투명한 사랑

마음이 저 먼저
꽃을 보았나 보다

접시 모양으로 피어오르는
보랏빛 들꽃
물가에서 고즈넉이 빛나고

일획의 선들
구름을 닮아 한가롭고
고요할 때

네 어두운 피 다 뿌리고
되돌아가는

현대 미술

옛 무덤 오릉 지날 때
시속 백 킬로의 속력 따라붙는
메뚜기 한 마리
운전석 왼쪽 차창에 안간힘 버팅긴다.

곧 도로 바깥으로 퉁겨날 테지, 힐끗 그를 돌아보았지만 나는 속력 늦추지 않는다.

늦더위 후끈 달아오른 전시장에는 비디오 인스톨레이션 「시간의 물레방아」가 설치되어 있는 것이 보인다. 시간, 이라고 누가 말할 때마다 긴장하는 내 삶의 안과 밖으로 왠지 수상해 보이는 현대 미술 앞에서 애매한 땀 닦고 있을 때, 그 초록 메뚜기를 다시 보았다.

이것 보려고 생명을 걸고 먼 길 달려오기도 한다니, 거치른 내 속력 바짝 따라붙던 그의 아슬아슬한 곡예를 떠올리다가 다가섰을 때 문명의 호기심을 좇아온 그의 육각형 겹눈에 찰칵 〈시간의 물레방아〉가 찍히며 빠르게 돌고 있는 것이 보인다. 아니, 저메뚜기의겹눈이작품인걸저메뚜기를좀보세요 나는 소리쳤지만, 시간의 물레방아에 갇힌 사람들 듣지 못하고, 사람들 홑눈에는 안 보이는 그 무엇을 메뚜기는 계속해서 보고 있는 것일까

다시 오릉 지나 돌아올 때, 긴 포물선 그리며 옛 무덤 쪽으로 훌쩍 되돌아간 1997년 여름의 내 현대 미술 초록 메뚜기.

번짐

한 가지만 말씀드리겠어요 제 질투에
대해

그런데, 저에 대한 당신
질투도 있는지, 있다면
제발 당신 것도 엿보고 싶어요 그러나
당신은 제 흘깃한 마음 건너
물과 먹의 고요한 번짐만
바라보십니다

아아, 당신 날 찾아오실 리
없으시니
나 참답고 아름다울 때

제 생명인 이 질투
마지막까지 좇아가겠습니다

세 사람

〈에로스〉는 정말 있을까,
〈에로스〉의 시대를 말하고 〈에로스〉의
노래를 그리고
〈에로스〉의 반지를 낀 세 사람이
방배동 식당에서 저녁 먹고 헤어지네
〈에로스〉의 시대를 말하는
남자와 〈에로스〉의 노래를 부르는 남자는
〈에로스〉의 반지를 낀 여자가 없는
카페로 자리를 옮겨
밤새워 〈에로스〉를 이야기하다
새벽에 서둘러 집으로 돌아가고
〈에로스〉의 반지를 낀 여자는
〈에로스〉의 시대와 〈에로스〉의 노래가 없는
형광등 밝은 방 안에 들어
밤새워 〈에로스〉를 읽다가
홀로 어두워져 깊은 잠 빠져버리네

푸른 멍

부고가 와도
급한 볼일은 볼 수밖에
없네

어물쩍 문 열어놓은 채
이를테면, 변기에 무심히 앉아
귀 기울이는 저 전화벨 소리
수천의 목숨붙이들 분주히 찾아들어
한 죽음 가까스로 화답하고
떠나는 오늘

느닷없이 부고가 와도
볼일은 볼 수밖에
없네, 재의 남은 불길로
일상의 퍼런 그 멍자국으로

부고

비바람이 어둠 속 나무들
움켜쥐고 흔든다

저 바람, 오늘 죽은 이의 넋 묻혀
이 방 안 온통 국화 향기로
부려놓는구나

햇빛이 속 다 파먹어
너무 가벼워진 주검
떨리던 내 자궁 안에 벚나무 둥근 몸
아주 파묻었는데

오늘 거기
또 다른 죽음 있다고
부고가 온다

바다로 가는 길

바다나 볼까, 하고
흐린 날 집을 나온다
날이 흐리니
길도 흐릴 테지만
잠깐 사이 사람들 바다에 닿는다

그 너머 우뚝 서 있는
등대박물관이 파도를 가린 탓일까
바다에 와도
바다는 잘 안 보이고
박물관 아래쪽으로 〈바다로 가는 길〉이란
팻말 하나 붙어 있다

팻말 따라 흘러온
긴 마음들 바다로 내려간다 나도
따라 내려간다
방게들 바위 구멍
깊숙이 숨어들어 꼼짝 않는

미끄럽고 질퍽한 길도 지나

바다나 볼까, 하고
되뇌일 때 내 어머니의 어머니인 달과
별과 해와 물고기의
그 캄캄한 바다

커피와 담비

진 데를 빠져나와
속력 높이는 밤길에
졸음이 겹친다
이 가파른 산길, 길 잃고 비틀거리는
저 담비 새끼
멋모르고 뛰어들기라도 한다면

마음 졸이는 밤, 실밥처럼 풀리는 졸음 깨우려 간이 휴
게소에 들러 커피 마신다. 한때는 저혈압의 뇌압 끌어올
리며 커피는 약이 되기도 했다 그러나 약은 곧 독인지 참
숯가루 같은 그 순정한 것 거칠게 속을 긁어 혹독한 불면
에 시달리던 담비야, 탐스러운 네 다갈색 꼬리 다시는 함
부로 사람들 앞에 내보이지 말아라 네 욕망인 사랑 교접
한 땅 풀 포기 나무 포기로 해마다 타올라 졸며 지나가는
밤의 산길 한 가닥 해맑은 긴장으로 두드려 밝게 깨우고
있으니 한 잔 커피로 졸음 쫓은 내가 브레이크 점검을 끝
내고 다시 바깥으로 긴 밤의 허리 이을 때

제 꼬리 짧게 깎은 채
자동차가 밟는 세상의 속력 밑으로

비틀거리던 담비 한 마리
아슬아슬 빠져나간다.

부메랑

아이는 아침마다
문밖에 나가
초록색 부메랑 날리며 논다
튼실하게 자란 몸
아직은 제 또렷한 눈매 속에
가둬놓은 채

백동전 떨어지는 소리

1분이 지날 때마다
백동전 떨어지는 소리 들린다
한 옥타브의 공간을 절단하며
저렇게 툭, 굴러 떨어지는 단음의 삶
그 캄캄한 미궁의 시간 속으로
간밤엔 새들이 날아올랐다

생각을 안하려고 했지만
심장을 불 밝히는 수만 개 실핏줄처럼
삶의 골목길에는
온갖 의혹의 발자국 다 찍혀 있기에
너, 나를 속이고 있는 거니,
어디서 어디까지,

한순간 불현듯 격렬하게 솟구치며
엉겨드는 새들의 교합(交合).
그 순간 나는 나를 빠져나오고
1분이 지날 때마다
다시 백동전 굴러 떨어지는
소리 들리고 있다.

변신

잘안들려뭐그동안가슴이예뻐졌으면좋겠다고
설레임많이키우면예뻐진다고

퀘벡, 북극으로 가는 팔천 킬로미터
직선 도로의 숨은 꿈
나는 알지 못한다. 어젯밤
토론토에 폭설이 내려 네 주유소
두 곳 문 닫았다 전해 오는
그 삶의 공간에 대해서도 나는 모른다
그러나 내 몸속으로 난 작은 오솔길 있어
신천 흐린 물가에 차를 세우고
롤러스케이트 타고 노는 아이들 바라다본다
이젠 물가로 봄이 돌아온 것일까
지난 겨울 여행 중에는 자주
빙하, 라는 말을 들었다
미풍에 흔들리는 초록 물빛 맑고 투명해
아, 하고 신음 소리 낼 때마다
빙하가 녹아내린 깨끗한 물 때문이라며
남극에 가면 진짜 빙하를 볼 수 있다고
밀포드 사운드에서 남극은

그리 멀지도 않아 배를 타면 곧장
닿을 수가 있다고
누군가가 자꾸 일러주었다
그러나 나는 그쯤에서 집으로 되돌아왔다
언제나 그랬다, 길 중간 어디쯤에서
꽃 피우기도 괴로운 겨울나무로.
비행기를 타고 네가 지구를 기우뚱
돌고 있을 이 시간
컴퓨터 자판기 앞에 앉은 내가
빙하, 라고 낮게 중얼거릴 때

거대한얼음산하나빛의다이아몬드로야구공으로압축되더니
강속구너있는곳향해날아간다

눈 내리는 날

밤새도록 눈이 내렸나 봐요
덧창을 여니
퍼붓는 함박눈이 앞마당
빈 나뭇가지
툭, 꺾었습니다

어젯밤 가늘게 휘었던 그대 마음도
저리 한번 소리 내며
꺾이고 싶었던 것일 테지요
이 삶에서 저 삶으로 애달프게
뛰어다니며, 다짐으로 다그침으로
밤새 얼굴 붉힌 골목길이
대문 밖 어지러운 발자국 만들었어요
그래도, 그 안으로만
적요로이 빛나는 세상 꿈 숨어 있는지

가장 깊숙한
흙 묻은 발자국 하나
눈 내리는 아침을 고요히
불러냅니다

구름

1

돌은
못 밑에서 열리고

못물 속에 던진 돌
되찾을 수 있을까
못마루 오르는 가파른 길은
왠지 턱밑까지 숨이 올라서
그 너머 있는 것
안 보입니다

그래도 청명한 겨울 하늘은
못마루보다도 아주 높아서
싸리비 쓸고 간 구름 방향으로
내 마음 가지런히
끌고 갑니다

2

　백일몽이었어요백일홍이었지요강물같았어요아니샘물같
았지요잠자리날개처럼가벼웠어요점점무거워졌지요숨이막
혔어요기가막혔지요

　이윽고 못마루 올라
　그 못물 막막히 들여다볼 때
　바닥 깊숙이 웅크린
　돌의 미세한 들림, 시간의
　도르래 돌아가면서
　첨벙 소리 내며 잠겼던 두레박
　다시 올라왔어요

3

　길 흐리면
　비켜 갈 거예요 아니, 비켜 가시겠다니요
　묶고 또 묶어도 그 길

세상 바깥으로 푸르게 빗금쳐 흘러
아주 비켜 가버릴 텐데요

돌은 못 밑에서 다시 열리고 잠행의 겨울 산 솟구쳐 올
라 동백꽃 붉게 피울 때 주역 공부 어려워 물어보았어
요, 자연은직통이고사람은변통이니사람이직통이면죽을뿐
이라, 시내로 내려와 공중전화 부스에서 내 비밀번호 풀
어내며 그 맹세까지 모두 풀며 지웠지요. 이 땅에 살기
위하여 나는 얼마나 많은 배반 거듭했는지

행여 길 흐리면
비켜 갈 거예요 아니, 비켜 가시겠다니요
못 박고 또 못 박아도 이 길
세상 밖으로 막막히 빗금쳐 흘러
아주 비켜 가버릴 텐데요

거미집

하늬바람
맑은 물무늬로 흐르는
풀숲 그늘엔
초록 거미도 있다.
제 내장 아프게 씹어
몸 바깥으로 투명하게 풀어내는
그의 공력이
진초록 단풍나무 가지에 첫번째
고리 끼우고
꿰인 몸 누가 허공에 던져
씨줄과 날줄의 사랑으로
펄럭이며 되받을 때
흰점무늬 나방이도
날아들리라
빠져나갈 한 가닥 미로도 없는
집이며 먹이인, 빛의
그 무덤

토요일 오후

더운 물에
지그시 몸 담그고 설레이며
기다리네
그런데,
목욕탕에 느닷없이 도둑이 들다니

수상쩍은 그림자 하나
재빨리 문밖 빠져나가고
여자들 벌거벗은 채
황급한 비명 지르며 일제히 밖으로
뛰쳐나올 때

고작 지갑이었을까,
내 설레임이 끌고 가서
창밖으로 휘익 던져버린
토요일 오후의
그것.

겨울나무

갈 곳이 없네
눈은 날리고 순환의 둥근 꿈 있어
거리의 외로운 겨울나무들
지금은 뿌리로
고요한 힘 모으고
중심으로 뻗는 말들의 세찬 힘
발길 휘감아
깊은 시 쓸 때처럼
보낼 수 없네 눈은 날리고

압축 파일

오후 2시, 나선형 구조의 핸들
두 손으로 꼭
다잡아 쥐는 것 보았습니다
2시 30분, 출발을 서두르기엔
너무 강한 햇빛, 그러나
시간을 재촉하며 빙글빙글 타들어가는
태양과 함께 오후 3시,
모든 음악은 소용돌이 구조를
가졌나 봐요 음악의 볼륨을 약간
높여놓을 때 3시 30분,
토네이도를 닮은 병따개
뾰족한 끝이
내 몸의 각질을 뚫기 시작했어요
갈증을 느낀 내가
문득, 운전 멈추고
물병 마개 따는 오후 4시의
탁 트인 그 바다

외삼촌의 이메일 · 1

글을 쓰고 있었다. 〈당신에게 이메일이 왔습니다〉라는 소리가 컴퓨터에서 났었지. 컴퓨터에서 나는 소리가 〈당신에게 이메일이 왔습니다〉인지 정확히는 모르겠어. 아무튼 이메일 왔다는 소리 나길래, 보았지, 반가웠다. 모처럼의 효도 이야기, 큰누님 이야기, 우리 어머니 이야기, 어머님의 무덤 이야기, 큰누님이 우셨다는 이야기, 젊었을 때 무척이나 많은 정을 나에게 준 큰누님의 눈물 이야기, 형님의 가무덤 이야기, 정말 내가 무슨 말을 해야 할지 모르겠다. 짧은 이메일이었지만 참으로 기가 막히게 슬픈…… 그런데, 그건 그렇고, 왜 그래? 너만큼 〈미술과 문화〉라는 학과목 강의 잘할 사람 없을 것 같은데 말이야. 문화라는 것은 사람을 간섭하는 힘이라고 생각해. 사람을 집단적으로 간섭하는 경우가 있고, 개인적으로 간섭하는 경우도 있는 것 같아. 굴레를 절대로 벗어날 수 없는 어떤 힘, 어떤 풍속, 관습, 통념 그것들이 가지는 힘이 문화라고 생각해. 그 힘은 인간 누구에게나 주어지는 조건이지. 그런데 그 조건 안에서 사람이 어떻게 자기답게 사느냐, 버티느냐가 문제이지. 그 힘과 대결하는 인간의 역할이 무엇이냐, 이런 문제를 다루면 미술과 문화, 혹은 예술과 문화라는 강의를 끌어나갈 수 있지 않을까. 힘의

종류, 힘의 성격, 힘의 역할, 힘의 분포도에 대한 생각을
하고, 인간의 종류, 인간의 역할 등을 또 따로 생각해 보
고 말이야. 그리고 그것들의 관계를 생각해 보면 될 것
같아. 문화인 하면 교양인이라는 말이 되는 것 같기도 하
지만, 문화 하면 교양의 의미와는 좀 다른 것 같다. 그리
고 나 실은, 퇴임 후 오늘 처음으로 학교에 나왔다. 입구
에는 수위 한 사람 있을 뿐, 아무도 없다, 혼자다, 혼자
가 정말 좋다, 퇴임을 했으니, 학교에 얼굴을 내밀지 말
자라는 생각을 하고 있다. 옛 총장이 나와 있으면 새 총
장이 불편할까 봐. 그래서 앞으로는 일요일에 나와서 이
메일을 확인할 작정이다. 답장도 일요일에만 써야 할 처
지가 되는 것 같다. 비록 일요일에 답장을 하는 외삼촌이
지만 자주 이메일을 보내다오. 퇴임식에 와준 것 참으로
감사하다.

외삼촌의 이메일 · 2

요즈음도 음악을 들으면서 울 때가 많다. 왜 그런지 모르겠다. 눈물이 막무가내로 나오는데, 어찌할 수가 없다. 쇼팽의 프랠류드, 녹턴, 정말 좋은 곡들이지. 그 이외에도 쇼팽 곡은 전부 좋다. 그냥 좋은 것이 아니라, 정말 기막히게 좋다. 쇼팽은 건드리면 안 되는 사람인 것 같다. 툭, 건드리기만 하면 기막히는 곡 하나씩을 낳아버리니까. 쇼팽이 살았을 때 나도 살아서, 그 옆에 가서 한번 툭 건드려보면 어떨까라는 생각을 나는 가끔 한다. 다른 사람들은 건드리지 마, 나만 건드릴거야라는 생각이 들 정도로 나는 쇼팽이 좋다.

물론 슈베르트의 노래들도 기가 막힌다. 슈베르트의 「보리수」도 나를 자주 울린다. 노래가 시작되면 벌써 나는 눈물을 글썽거리면서 이 세상 어디엔가 있을, 먼 어느 지점을 향해서 움직인다. 피아노 반주도 정말 좋다. 선율은 간단하지만, 왜 그렇게 그게 나를 울리는지 모른다. 처음 시작하는 〈솔소오오올 미미미미 도오오오오〉에서부터 나는 어쩔 줄을 모른다. 며칠 전, 차를 몰면서 집으로 돌아가는 길에서, 헤르만 프래이가 라디오를 통해서 부르는 「로렐라이」를 듣고도 나는 울었다. 집에 도착하기까지 계속 울었다. 참을 수가 없더라. 왜 그 노래가 그렇게도 슬픈지. 나는 알 수가 없다.

그림을 팔다

함박눈 그친 눈밭
산노루가 밟고 지나가니
노루발풀꽃 일제히 피어오르네

그림을 팔았다. 그림도 돈 되는 날이 온다면
꿈꾸기도 했지. 그림도 돈 되는 날이 온다면
사랑하는 이 갑절로 행복하게 할 텐데
그림도 돈 되는 날이 온다면
그러나 그럴 때라도 헐벗은 목숨붙이에게 무엇 하나
내어준 적 없는 그림도 돈 되는 날이 온다면
오늘 팔려나간 노루발풀꽃이여
너는 부디 내 불온한 일상처럼 시들지도
병들지도 말라 바꿀 수 없는
그 무엇 여전히 남아 있을 터인데

그래, 내가 기억하마
글썽이며 꽃 피우던 시간의 한때
수줍던 네 첫 아침을.

접촉 사고

자동차 번호판
우그러졌을 때 내 몸도 그만큼
부딪혔지요
밤이 되어 다친 몸
모로 누우며 생각해 보았어요
망가진 번호판과 다친 마음
어떻게 같고, 어떻게
다른지, 다음날 퇴근길에
새 번호판 바꿔 달았지만
더 이상은 갈아 끼울 수 없는
내 몸의 중심. 고유번호로 되살아나
삶의 요철마다 빗물 고입니다

손가락

당신 다섯 손가락은
손마디 전부 직각으로
꺾어집니다
내 다섯 손가락도 그렇게 꺾이긴 하지만
첫번째 마디 45도쯤만
굽혀집니다

푹 꺾인 당신 손 부드럽고
잘 안 꺾이는 내 손
힘차 보입니다
그런 내 손의 빳빳함 어루만지며
사랑한다, 말하십니다

　그대와 다투고 돌아눕는 날, 직각으로 꺾는 그대 허리
아래쪽으로 내 손가락 첫째 마디 손금의 선은 하나이고
그대 손가락 첫째 마디 손금엔 선이 두 개 나 있는 것 발
견합니다. 한 개의 선은 한 번만을 굽히지만 두 개의 선
은 두 번을 더 굽힙니다. 그 낮춤 사랑인 것을 잘 안 꺾
이는 내 손의 빳빳함 어루만지며 사랑한다, 당신이 말할
때에는 미처 몰랐습니다.

가민이

아침마다 나는 두 번
눈뜨고
밤마다 두 번
눈감습니다
당신은요

점등과 소등의 갈피마다
꼈다 뺐다 하는 안경을 가졌어요
아큐브 렌즈도요
어느 가시광선에 그리 푸르던 시력
다 긁혔을까요 그래도 아직은 동그란
달밤 같은 내 눈과 당신 눈 맞추느라
하루 한 번 눈뜨고 감던
날마다의 일 다 잊었습니다

아침마다 나는 두 번
눈뜨고
밤마다 두 번
눈감습니다
당신은요

비눗방울

풀밭에는
비눗방울이 날았습니다
세상 모든 슬픔
오색 무지개로 흐르는 그 무게
나비처럼 가만히 따라가다가
내 한 생애
그 안에 아주 갇힌 것
몰랐습니다

들꽃 소묘 1
—— 상사화

번쩍이며 뻗는 초록 넝쿨
꿈의 무기로서만 언제나 내 것인 너

들꽃 소묘 2

── 분꽃

땅거미 내려오네
지분지분 분꽃만 피어오르네

책가방 마루에 던져놓은 지도 오래
엄마가 안 와 텅 빈 마당

저 홀로 여문 씨앗 내뱉는
새까만 꽃밭

들꽃 소묘 3
—— 금낭화

1.2.3.4.5.6……
……3.2.1.

모기, 독나방의 풀숲으로
점점이 분홍 꽃등
켜질 때

내 유방
물린 자국 가득하다

들꽃 소묘 4
—— 딱지꽃

주사위를 던졌네

그 운명 마루를 뒹구는 동안
무의식을 여행하는
내 비행접시

들꽃 소묘 5
—— 참꽃

그 도랑물 따라가 본다
새벽길 따라가 본다

아무도 오지 않았다
그래도 활짝 너 먼저 웃는다

잎도 없이 꿈도 없이
하르르 참꽃 피었다 지는

그 도랑물 따라가 본다
새벽길 따라가 본다

들꽃 소묘 6

── 등꽃

내 몸 휘감고 올라
아침 하늘 뾰족이 꽃봉오리 내밀 때
밤새도록 찾았던
그 별의 행방
슬픔이 휘감아 문득 어두워진
보랏빛 내 꿈이었는지 몰라

들꽃 소묘 7

—— 도꼬마리

갈고리 가시
불길에 휩싸이네 그윽이
내가 꿰였네

치마며 스웨터며
가리지 않는

톱니바퀴 그 입술
바람이 물렀네

들꽃 소묘 8

── 모싯대

담묵이 번지네
고이 접었다 펴는 화선지의
마음. 고깔 씌운 듯
모싯대 위에
겹쳐 있더니
한밤 홀로 깨어나
파르릇 어깨를 떤다

그림 「꽃 피는 시간」에 대하여 · 1

　마음이 먼저 꽃을 보았나 보다. 접시 모양으로 피어오르는 보랏빛 들꽃 고즈넉이 빛나고 일획의 선들 구름을 닮아 한가롭고 고요하다. 깨어 있으면서 동시에 꿈꾸게 하는 이 투명한 시간. 이런 시간, 안과 밖의 모든 사물들은 살아 있다. 오감의 창문들이 활짝 열리고, 온갖 생명의 미세한 파동이 내 안으로 빨려 들어오는 것을 느낀다. 풍경과 내가 하나가 되어 오래 교감할 수 있는 이런 시간을 나는 생명이 노래를 부르는 존재의 아름다운 시간이라고 말하고 싶다. 그러나 마음은 때로 참혹하게 생명을 뭉개버린다. 화분에 물 주는 일도 잊어버리고 혼돈의 마당으로 멋모르고 뛰어들 때도 있다. 그러나 그럴 때에도 구름의 마음을 잊지 못하고 결국은 다시 캔버스 앞으로 되돌아온다. 구름은 움직임의 형태로 이루어진 예술가들의 상징 언어이다. 가장 이상적인 형상을 추구하려는 화가들의 숙명과도 닮아 있기 때문에 나는 구름을 더욱 사랑하게 되었는지도 모른다. 어떻든, 나는 들꽃을 소재로 그림을 그리고 있다. 그러나 꽃을 그릴 때라도 꽃 자체의 특별한 특징을 애써 표현한 기억은 없다. 또한 들꽃의 강한 생명력을 상징 이미지로 삼아 삶에 대한 내 의지를 드러내고자 했던 것도 아니다. 나는 풀꽃을, 구름과 더불어 짝을 이루며 호젓한 들판이나 물가에서 저절로 피어나 제 몸의 사랑을 구현하고 돌아가는 그런 명상의 투명한 기호로 읽는다. 연약하지만 존재의 모든 구조와 숨결을 완벽하게 갖추고 있어 깊숙이 들여다볼수록 경이감을 불러일으키는 작은 풀꽃들을 내 그림 속으로 가만히 훔쳐왔다고나 할까. 대저 풀꽃 한 송이가 세상으로 뿜어내는 생기란 무엇인가? 사랑인가? 아둔하게도 그것을 캔버스에 담겠다고 복더위를 삼키며 그림에 열중해 있는 내 집중의 시간은 또 무엇인지. 들꽃 한 송이, 또는 내 웅크린 몸을 바깥으로 불러내어 끊임없이 피워 올리는 우주의 그 거침없는 힘에 대한 생각도 빠뜨릴 수 없다. 자유로운 붓질과 획의 화면, 맑고 생기 있는 꽃의 빛깔과 물기 머금은 초록 잎사귀를 그리다 보면, 꽃 피어남을 북돋우는 수많은 요인들로 구성된 시간과 공간에 대한 상상력이 내 몸을 한없이 확장시키며 끌어올리는 것을 느낀다. 그러나 설혹 마음이 먼저 꽃을 피웠다 해도 잡념에 이끌려 이리저리 끌려다니다 보면 붓질이 엉켜 그만 그림 속에 갇히고 만다. 좋은 그림은 그림을 그리는 사람을 가두지 않는다. 그림에 대해서 또는 꽃의 환경에 대해서 난감해진 나는 처음부터 다시 그림을 점검

해 본다. 붓을 놓고 들꽃 피어오르는 풀숲 길을 걷기도
한다.

그림 「꽃 피는 시간」에 대하여 · 2

1994년부터 〈꽃 피는 시간〉을 주제로 그림을 그렸다. 그후 칠 년이 지났고 대구, 서울, 도쿄 등에서 일곱 번의 개인전을 가졌다. 거의 해마다 〈꽃 피는 시간〉으로 개인 전시회를 연 셈이다. 누군가가 내게 말했다. 이젠 꽃 지는 시간을 그릴 때도 되지 않았느냐고. 그렇지만 나는 〈꽃 피는 자리가 곧 지는 자리〉라고 생각하고 있다. 올 여름 동안 좀더 넓은 작업 공간이 필요했던 나는 시골 폐교에 교실 하나를 얻어 제2작업실로 썼다. 그 덕분에 아침마다 건강한 산 하나를 통째로 넘고 다녔다. 산길을 가다가 환히 피어 있는 꽃들을 보면 차를 세우고 꽃잎의 속을 들여다보기도 했다. 관심을 기울이면 작은 들꽃 한 송이도 우주만큼 커다랗게 확대되어 보이는 것일까. 그렇게 꽃들과 눈 맞추고 놀다가 문득, 내가 생명 그 자체라고 생각하고 묘사를 고집하고 있던 꽃의 구체적인 형체가 오히려 꽃의 생명을 가두고 있는 그릇인지도 모른다는 생각이 들었다. 그래서 그동안 문득문득 불안을 느끼면서도 용기가 없어 그냥 들고 있던 꽃의 구체성을 훌쩍 지워버렸다. 그렇게 꽃을 제거하고 나니 비로소 캔버스 전체가 꽃이 되어 확장되는 자유로움을 느꼈다.

오랫동안 나는 퇴근 후에, 주로 저녁 시간대에 그림을

그렸다. 그러나 이번 작업은 실외에서 그것도 여름 대낮의 뙤약볕 아래서 만든 그림들이다. 캔버스에 물감을 잔뜩 부어놓고 햇볕과 바람이 캔버스 안으로 개입해 오기를 가만히 기다리곤 했다. 어느 무더운 날, 반갑게도 이우환 선생님이 폐교 작업장 감나무 밑에 나타나셨다. 운동장에 깔아둔 그림을 보시고 〈그래도 여전히 의도적이다. 70은 자연에게 맡기고 30만 그려보라〉는 말씀을 했는데, 그 말이 아직까지도 천둥처럼 들린다.

이번 그림들은 예전과 다른 몇 개의 새로운 색채를 가지고 있었다. 분홍과 보라, 검은 군청색 등이 그것이다. 보라색은 어린 시절부터 내가 좋아했던 색이다. 그런데도 그동안 웬일인지 보라색 쓰기를 겁내며 잘 쓰질 않았었다. 가시광선의 가장 마지막 색인 보라색. 괴테가 상찬한 최고의 색, 꽃의 뿌리로부터 솟아오른 색, 해가 진 후 서쪽 하늘 한 귀퉁이에 아주 잠깐씩만 나타났다가 사라지는 신비한 색, 도라지꽃처럼 영혼의 호젓한 모습을 닮고 있는 색, 그 보라색을 이번 작업 기간 동안 듬뿍 쓸 수 있었다. 그리고 무엇보다도 분홍색, 만일 분홍의 애틋한 팽창력을 내가 깊이 인식할 수 없었던들 그림이 여름 동안 이렇게 활짝 달라지지는 못했을 것이라고 나는 생각한다.

꽃을 피워올리는 그 부드러운 팽창의 시간을 표현하기 위하여 분홍보다 더 적합한 색이 있을까? 그리고 또 하나, 검정 군청이 있다. 하루의 작업을 끝내고 내가 작업실을 나서던 그 무렵의 하늘도 검정의 입김이 스친 듯한 군청이 아니었던가. 군청은 꽃들의 화사한 세계 안에도 어김없이 깃들어 있을 어둠, 죽음, 아니면 슬픔이랄까 하여튼 그런 얼룩의 색으로써 언제나 내게 중요한 색채가 되고 있다. 어쩌면 내가 도달하기 힘든 먼 곳, 저 어둠 깊은 하늘을 〈꽃 피는 시간〉 속으로 가져오고 싶어 내가 선택한 색인지도 모르겠다.

캔버스에 물감을 부으면 물감은 스스로의 길을 따라 자연스럽게 흘러내린다. 햇볕의 강도, 바람이 지나간 물결 자국, 중력과 캔버스가 물감을 휘어잡고 흘러드는 각각의 색채를 끌어당긴다. 화면 전체가, 아니 나의 내면 풍경이, 시간을 따라 흐르다 예기치 못한 모습 쪽으로 완전히 바뀌기도 한다. 서로 스며드는 색조들, 가장자리를 만들며 희미하게 사리지는 가느다란 선, 또는 빠르게 번지며 진동하는 색, 조금씩 번지다가 말라붙은 아이의 맑은 눈물 자국 같은 그런 뒷모습들을 꽃 피는 시간 안에 깊숙이 새겨넣었으면 좋겠다. 곧 사라져버릴 그런 것들을 언제부

터인가 나는 한없이 사랑하게 되었다. 어느 날인가는, 꽃이 피어오르는 그런 속도로 물감이 캔버스 위에서 천천히 번지도록 하룻밤 동안 캔버스를 바깥에 꼬박 펼쳐놓았었다. 캔버스 속에 모깃소리 윙윙거리는 작업장의 여름 별밤을 마티에르로 두껍게 떼어내 붙여보고 싶기도 했다. 결국, 〈꽃 피는 시간〉을 통하여 내가 표현해 보고 싶은 것은, 꽃잎의 확장과 씨앗의 응축 속에 들어 있는 미궁의 삶과 시간의 신비이다. 어떻게 그 작은 씨앗 안에, 확장된 꽃잎이 고스란히 다 묻혀 있을 수 있을까. 이 지상에는 왜 그런 아름다운 비밀들이 도처에 숨어 나를 기다리고 있는 것일까? 이번 전시회를 위해 작업하던 과정 속에서 나는 우연이 창출해 낸 갖가지 환상들로 즐겁고 행복했다. 특히 번짐 효과를 사용해 햇빛과 바람에 의해 완결되던 색과 형태는 어떤 특별한 회화적 형태를 취하지 않았더라도 그 자체로서 황홀한 아름다움이 스며 있었다. 그것은 정지된 그림으로서가 아니라 미세한 움직임이 그대로 얼비치는 역동성, 좀더 거창하게 말한다면 상생과 화합의 정서, 유기체로서의 균형 감각 같은 것을 내게 체험하게 함으로써 내 영혼을 보다 더 큰 힘에 맡기게 하고, 그 몰입의 즐거움을 화면 가득히 토해 낼 수 있었다.

이번 여름, 내 시간 속에 기록된 모든 것이 내 캔버스에
도 그렇게 기록되었을까.

별의 집

1판 1쇄 찍음 2002년 7월 20일
1판 1쇄 펴냄 2002년 7월 25일

지은이 백미혜
펴낸이 박맹호
펴낸곳 (주) 민음사

출판등록 1966. 5. 19. 제16-490호
서울시 강남구 신사동 506번지 강남출판문화센터 5층 (우)135-887
대표전화 515-2000 / 팩시밀리 515-2007
www.minumsa.com

ISBN 89-374-0706-x 03810